U0877097

让世界近看内蒙古

黑金乌海

石玉平 主编
姜 苇 著
尚永强 康小林 邱克远
石历增 祝 婕 郝银泉 摄影

内蒙古出版集团
内蒙古人民出版社

跟我去

黑金烏海

康小林 摄

林亦然 摄

勿戏水

目录

前言

行走中，是否能找到人类迷失的原点！带着相同的问题，或许是行者们共同的目标吧？每一个行者，都在寻找，究竟能找到什么，又能获得什么？我想，也许是不相同的。如能在行走中找回原点，那么，行走的人，留下的文字，是否可以帮助那些迷失中的人靠近原点，重新唤回生物本该有的生命光辉。

在远处，点亮一盏灯，给心灵一个方向，不再受偏离的煎熬。

行走的脚步踏上了乌海之行，踏上了一个发现之旅。

临行前，石玉平先生送给我一首诗，是他乌海之行后而作的。他说你先读读吧，有一个感觉再去发现。

灯火的故乡

登上那甘德尔山，
遥望着空蒙的大漠远去的孤烟。
跨过那滔滔的长河，
浑圆的太阳落在身边。
啊……
苍凉的大地，
凄婉的诗篇。
古老的故事，
述说着从前。

徜徉在乌海湖畔，
伴随着梳妆的天鹅洗尘的大雁。
走进那幽静的葡萄园，
美酒的醇香弥漫着金沙湾。
……
儿时的记忆，
永久的思念。
青春的往事，
不了的情缘。

穿越了沧海桑田，
找到了昔日的梦幻今日的家园。
点燃了万家灯火，
浩瀚的银河洒落在人间。
啊……
雄浑的琴音，
欢动的心弦。
可爱的故乡，
美丽的容颜。

黑金乌海

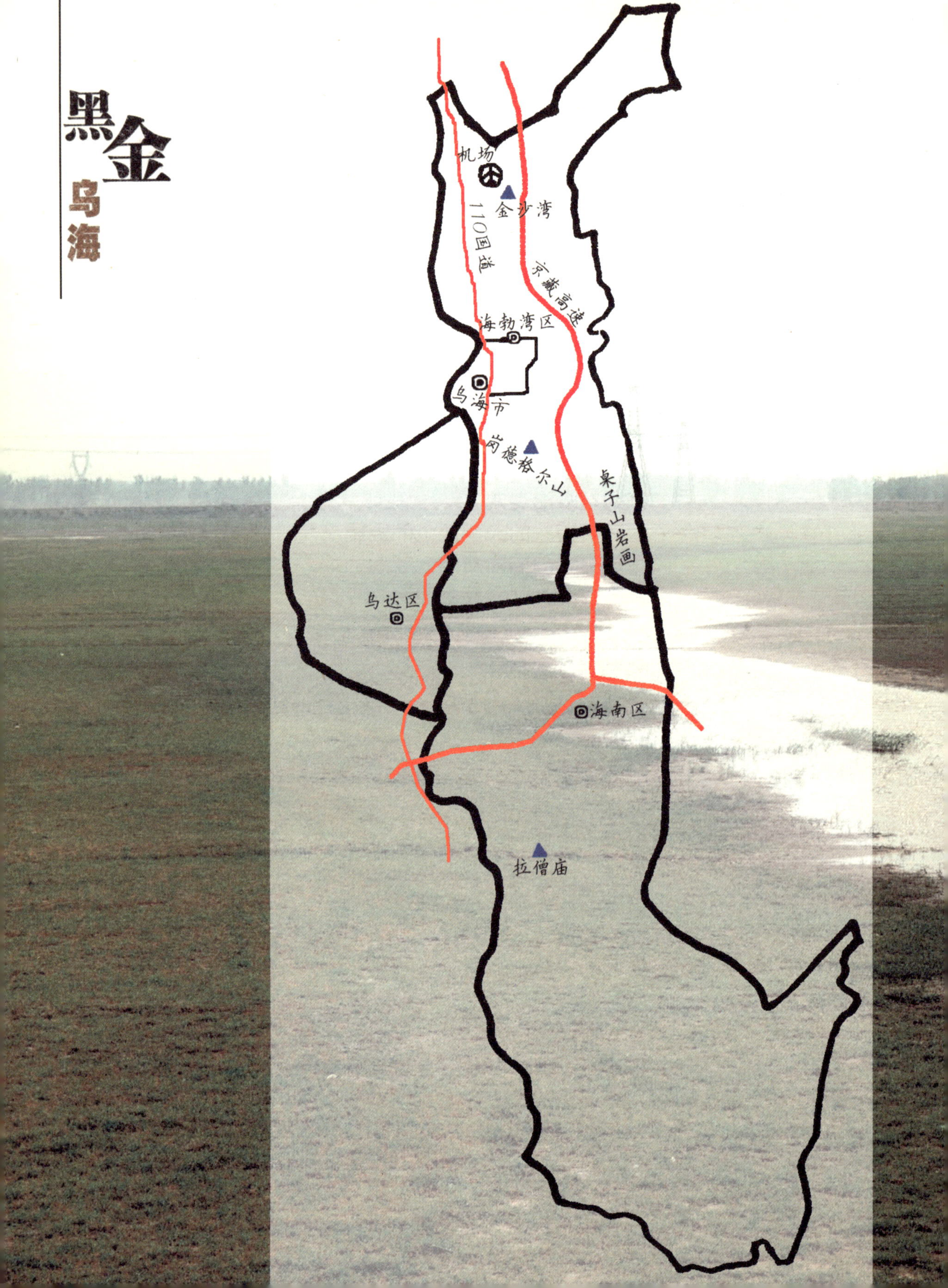

1975年8月30日，国务院批准：撤销乌达市、海勃湾市，设立乌海市，取二市首字为名。1976年1月10日，乌达市和海勃湾市正式合并，成立乌海市。市人民政府设在海勃湾，下辖乌达、海勃湾、拉僧庙3个县级办事处。1979年12月，将3个办事处改设为区，同时，将拉僧庙办事处更名为海南区。

黑金
乌海

历史，留给乌海的太少了，太多的时间，乌海经历着冷寂与荒凉。或许是厚积薄发，苍天回报以富饶的煤矿，让这片土地火热。如同黑色的金子，在大漠之上闪烁，不可小觑。

随着星星点点的古迹发现，人们重拾了往日别样的辉煌。点缀在黑金其中，若一朵朵奇葩，屡屡芬芳飘散，醉了心田，也醉了这片热土。

黑金乌海

单车欲问边，属国过居延。
征蓬出汉塞，归雁入胡天。
大漠孤烟直，长河落日圆。
萧关逢候骑，都护在燕然。

这首王维的诗，抒写征战的过程，从这个地方经过。而站在乌海的位置，王维诗中所述的事，均一览无遗。乌海，从哪个角度都能诠释这首诗的意义。因此，我觉得，当初王维就是站在乌海这个位置，写下了这首诗篇。

今天，我的行走，是否也算得上是塞外怀古？是否在重合了先人的步伐之后，也能得到先人那不凡的感受，而豁然开朗。

乌达

进入乌海，是从杭锦旗出发的，看见一片草原，是杭锦旗草原。阿尔巴斯草原在乌海的东面，南面是银川，西面是阿拉善，北面是杭锦旗草原。所以，乌海应该是旅游的一个放射点。

走过这片草原，我想起了一首歌，那是腾格尔唱的一首《马兰花》。

马兰花 马兰花
开放在六月的草原
马兰花 马兰花
一身傲骨映着那蓝天

马兰花 马兰花
微笑在家乡的牧场
马兰花 马兰花
美丽芬芳拥抱着阳光

青幽幽的草原上
蓝幽幽的马兰花
青幽幽的草原上啊
蓝幽幽的马兰花

马兰花 马兰花
微笑在六月的牧场
马兰花 马兰花
美丽芬芳拥抱着阳光

这幽幽的小花，装点了草原，也装点了我的心境。

市民廣場

乌达，蒙古语，译为“柳树”。

我想，这个名字的由来一定和黄河有着不可分割的关系。黄河是一个大的“几”字形，而这条母亲河最北面的拐弯，就在乌达。

也许是因为河流，这里曾绿树成荫；也许是因为河流，这里曾杨柳依依。

用手抚摸黄河水，黄黄的水从指缝间流过，细细的沙几乎和水融为一体，让我觉得，这水，就是黄色的。

我的疑问，古人就有了，这水为什么会如此的黄？于是，就有了流传的故事，其中一个故事，讲的是据说黄河下面，因为有一个金鼎，才会把水映得金黄。

人们总是把美好赋予大自然，传说着美丽而动人的故事，如草间开放的花朵，装点了生活。

黄河大桥，这座跨越母亲河的桥，无疑是壮观的。取代了过去摆渡而行的小舟，穿梭着的车辆，消散了往昔摇橹时的呢喃。

风沙迷漫过大河，
小舟如菱逐黄波。
千载兴废随浪去，
渡却多少名利客。

如今，这风情久已不在，只有黄河水依旧黄波逐流。

乌达中心医院
门诊部
出口

大药店
平价到底
星星超市
烟酒副食 土产五金 百货
水果
小张
蔬菜水果粮油店
药

黄河两岸，因为季节更替，在冬天会有流凌现象，冰冻块被下面未冰冻的水流冲击，形成大量的碎块漂浮于水面，堵塞河道，造成了黄河水溢出，两岸形成了湿地、沼泽地，长满了芦苇、蒲草。

鸟海

黑金乌海

每年，在黄河封冻和溶化时，黄河会出现很壮观的“流凌”景象。冰块晶莹剔透，堆积成一道冰坝，随着河水上涨，水漫两岸，很容易带来灾害。为了防止流凌带来的灾害，国家每年都会出动飞机，炸开冰坝，为河水打开一条顺畅的通道。

流凌期间，除了给两岸带来的灾害外，同时也带来很多益处。河水的漫灌，使两岸形成了大面积的湿地，生态环境更富生机。

黑金乌海

每年春季和秋季，候鸟在此逗留。其中天鹅和大雁每个季节差不多在这里呆一个多月，壮美的景色，吸引了很多摄影艺术家，把专业的镜头，对准了无憾的美丽。

生灵的秀美，给这一方沃土带来了一种灵动的生机。

在一个北方的现代化城市，看见这种候鸟从城市的天空飞过，是一种非常罕见的景象。如果，一个城市，有了河流，便有了灵气。黄河，这条母亲河，就是从乌海市浩浩荡荡穿过的。更何况，又有灵动的白羽把乌海装点得更加美丽，乌海更是鲜活的。

乌海的这种得天独厚，有天赋唯我之霸气。

黄河，落日，浅秋，呈现出一种人生经历的美好。

甘德尔，蒙古语，译为“哈达”。这里有一座山，名字就叫甘德尔山，因为山势绵延起伏，优美得如同一条飘逸的哈达而得名。

甘德尔山，处在乌达与海勃湾之间，黄河东岸。甘德尔山，气势跋扈，如同一个铮铮铁骨般的男子汉，山体巨石裸露，阳刚地屹立。

在甘德尔山上，有一片高山草原，草原的面积不是很大，只够两三户牧民人家游牧。在这里，生长着一种名字叫“石羊”的野羊。石羊很大，身体的大小像头小鹿一般。羊头也很大，上面长有大大的、弯曲的犄角。

石羊的样子非常华美，如同高傲而行的贵族，身着华美的服饰，带着高冠，彰显出不同的王者之霸气。就外形与气势而言，石羊算是羊中翘楚了。

我曾看见过被做成标本的石羊头，那样的美，是巧夺天工的结构，弯曲的犄角，便是柔和了硬朗最为完美的曲线。

黑金
乌海

文姬归汉，这个美丽了几千年的故事，曾在乌海留下了芬芳。

蔡文姬，东汉末年蔡邕的女儿，陈国，今河南开封人，是中国历史上著名的才女和文学家。精于天文数理，即博学能文，又善诗赋，兼长辩才音律。

蔡文姬的代表作主要有《胡茄十八拍》《悲愤诗》等。

黑金乌海

蔡文姬一生命运坎坷、悲苦。蔡文姬之父蔡邕，是著名的大文学家。受其父亲的影响，蔡文姬从小耳濡目染，渐渐展露才华。据说，有一次蔡邕弹琴，蔡文姬隔墙而听，她竟听出来第一根琴弦弹断了。后来蔡邕故意又弄断了第四根琴弦，也被蔡文姬听了出来。

幸福的童年，或许是蔡文姬一生当中最快乐的时光了。

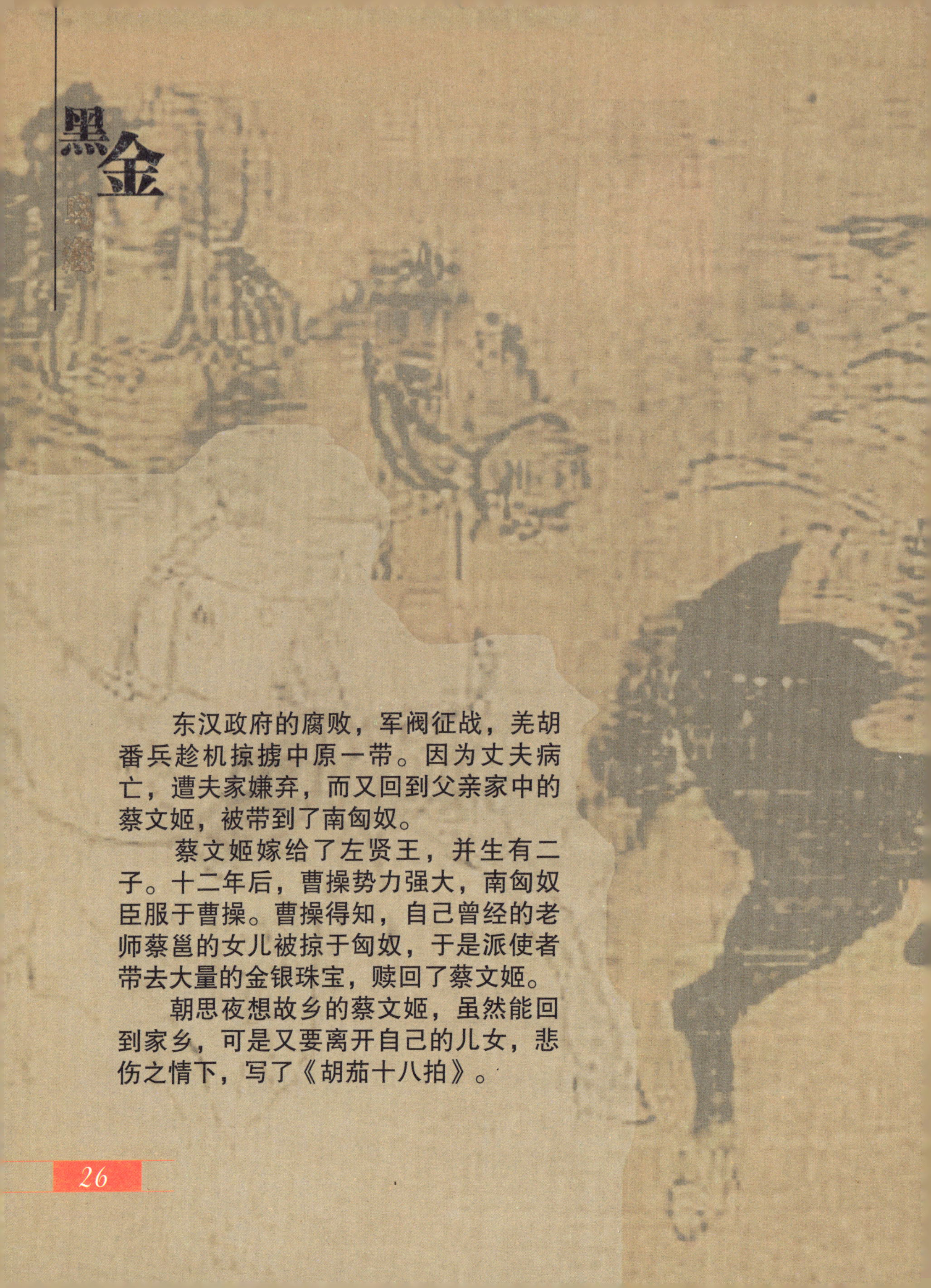

东汉政府的腐败，军阀征战，羌胡番兵趁机掠掳中原一带。因为丈夫病亡，遭夫家嫌弃，而又回到父亲家中的蔡文姬，被带到了南匈奴。

蔡文姬嫁给了左贤王，并生有二子。十二年后，曹操势力强大，南匈奴臣服于曹操。曹操得知，自己曾经的老师蔡邕的女儿被掠于匈奴，于是派使者带去大量的金银珠宝，赎回了蔡文姬。

朝思夜想故乡的蔡文姬，虽然能回到家乡，可是又要离开自己的儿女，悲伤之情下，写了《胡茄十八拍》。

天无涯兮地无边，我心愁兮亦复然。人生倏忽兮如白驹之过隙，然不得欢乐兮当我之盛年。怨兮欲问天，天苍苍兮上无缘。举头仰望兮空云烟，九拍怀情兮谁为传。

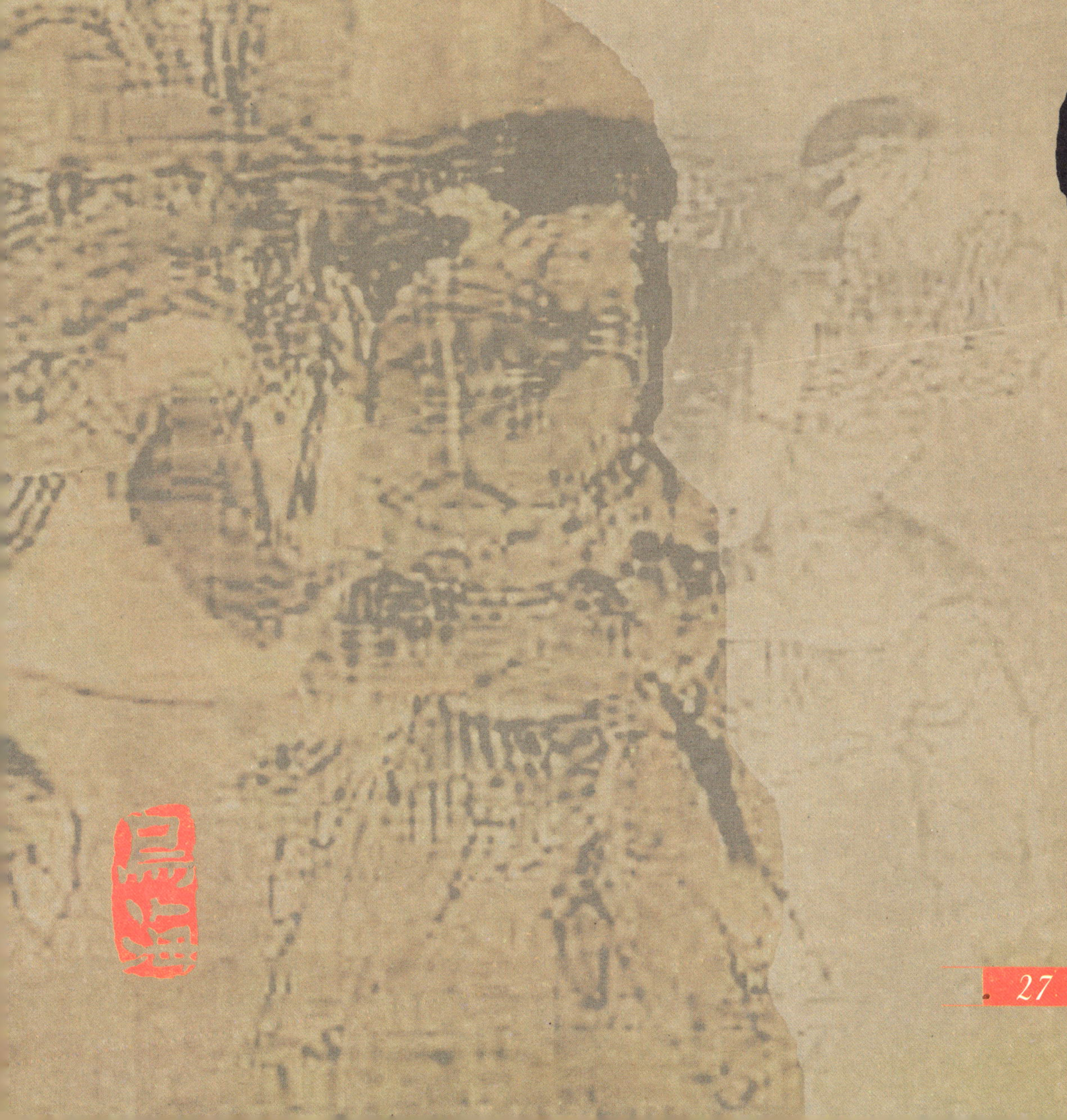

那痛彻心扉的苦楚，今天仿佛还能在音律间展现。

回到家乡的蔡文姬，蔡邕的死已经使她的家败了。曹操看着孤苦伶仃、无依无靠的蔡文姬，于是把她嫁给了一个屯田都尉——董祀。

不料，没几年，董祀犯下了杀头之罪。蔡文姬面见曹操求情，言情并茂，感动了曹操，决定放过董祀。在董祀未归家的日子，曹操安顿蔡文姬住在自己家中。一次闲聊中，曹操说起蔡邕老师曾经拥有很多珍贵的藏书，蔡文姬说，那些书都已经被销毁了。看见曹操无限惋惜，蔡文姬便告诉曹操，自己能背写其中的四百篇。曹操大喜，便让蔡文姬写下了那些文字无误的四百篇，留下了宝贵的资料。

蔡文姬的归来，为中国古代文化史的保存，无疑举足轻重，文姬归汉也成为了美谈。

董祀归来后，蔡文姬夫妇的关系得到了改善，夫妻和睦相处，融洽了很多。后来，蔡文姬又写了自传式的《悲愤诗》。

中原人士开始用胡琴和筝弹奏《胡茄十八拍》。这种

风尚，据传，还是从董祀开始的。

蔡文姬在归汉途中，途经乌海这块美丽的地方。

今天，我眼中所见的乌海之景象，他日，曾掠过蔡文姬那双忧伤的眼眸。

乌海，也可以说，是先有煤矿，后有城池

1958年，万人上山，掀起一场轰轰烈烈的开发乌达煤矿的热潮。1959年，乌达矿务局正式成立。当时，正值大跃进时期，四面八方都来支援，单位职工、民兵等多达一万多人。

五虎山矿，是乌达煤矿其中一个井田。在荒漠沙原兴建矿区面临着很多困难，主要是住房和饮水的问题。很多人居住在草棚、席棚、帐篷里，当时曾流传过一首诗歌：

山前山后皆帐篷，沟里沟外石头房。
处处都是小地窖，荒沙滩上满人家。

人们的吃水问题也是面临严峻的困难，当时只能用马拉水，工人们为了生活用水，整夜排队等水车供水。很多干部也常有一天喝不到水的情况发生，可是并没有怨言，以苦为乐，以奋斗为乐。就这样，开始了乌达煤矿的艰苦创业。

挖掘条件也是非常艰苦与落后的，挖出来的煤，用骆驼或者驴车运到河下，借助黄河，运送到包头、呼和浩特等地。

当时内蒙古自治区煤炭局局长兼党委书记，正是我的挚友石玉平的父亲——石生荣老先生。

石生荣老先生就曾在五虎山矿区多次亲临现场，一两个月不回家，时常一天喝不上水，住在久未洗过被褥的招待所里，和职工们共甘共苦。

太
公元一九七六年元月，在新
名字—乌海市，经过多年的建
工、建材、冶金为支柱产业的
乌海，乌金之海。
追根溯源，乌海因煤而始、
万业俱兴的原动力，是乌海大地
重的文化，无论是在社会主义
代里，煤炭工业创造了一个又
业绩。
如果把煤比作太阳石，把煤
工业和城市建设发展的历史，
"太阳神"之光将在乌海大地
"太阳神"精神将在乌海大地
兹立碑为记。

往事已矣，现代化的先进设施轰鸣着，缅怀先辈们曾洒下的汗水。

前　言

把内心深深的敬仰，赋予我双眼，久久凝望着这不凡的热土。每一块煤炭，都有你们不可泯灭的光芒。

感谢你们！

郭沫若《炉中煤》

——眷念祖国的情绪

啊，我年青的女郎，
我不辜负你的殷情，
你也不要辜负我的思量。
我为我心爱的人儿，
燃料到这般模样！

啊，年青的女郎，
你该知道我的前身？
你该不嫌我黑奴卤莽？
要我这黑奴的胸中，
才有火一样的心肠。

啊，我年青的女郎！
我想我的前身，
原本是有用的栋梁。
我活埋在地底多年，
到今朝总得重见天光。

啊，我年青的女郎，
我自从重见天光，
我常常思念我的故乡，
我为我心爱的人儿，
燃到了这般模样。

朱自清《煤》

你在地下睡着，
好腌臢，黑暗！
看着的人
怎样地憎你，怕你！
他们说：
“谁也不要靠近他呵！……”
一会你在火园中跳舞起来，
黑裸裸的身体里，
一阵阵透出赤和热；
啊！全是赤和热了，
美丽而光明！
他们忘记刚才的事，
都大张着笑口，
唱赞美你的歌；
又颠簸身子，
凑合你跳舞的节。

艾青《煤的对话》

你住在哪里？
我住在万年的深山里
我住在万年的岩石里
你的年纪——
我的年纪比山的更大
比岩石的更大
你从什么时候沉默的？
从恐龙统治了森林的年代
从地壳第一次震动的年代
你已死在过深的怨愤里了么？
死？不，不，我还活着——
请给我以火，给我以火！

凡是能拨动人们心弦、点燃人们智光的好诗，都是诗人内心燃烧的结晶。列夫·托尔斯泰说过："真正的诗人却是身不由己地怀着痛苦去燃烧自己并点燃别人的。"

而煤，正是燃烧了自己点燃了别人，带给我们光明、温暖。煤，如同那些伟大的诗人，闪亮于我的心中。如同那些我敬重的诗人，质清节明。

因此，我们要敬重这些煤炭资源；我们更感恩带给我们这一切的煤炭资源。

黄河在这里流经的一段，被中间一座小岛分隔为二，河水绕岛而流，不久又汇在一起，从西向北流去。

当地人叫这个岛为“夹心滩”。岛上有胡杨树，很密集的生长着灌木和乔木的混生材。秋天里，一片金黄，映着同样金黄的河水，赋予了一种富贵之气。

岛上的金黄，更是浓重了金色之中最为璀璨的一笔。

后来，这个岛被正式命名为“胡杨岛”。节假日里，周围很多人来这里游玩，给这里的人们带来了很多生活情趣。

不亲临其境，很难想象，一个矿业发达的城市，竟然娇小优美。乌海是一座现代化的城市，在这里，躲在一个舒适的空间，会有一种迷茫，究竟此时身在何处？不亚于大都市的酒店，典雅大方，宁静安逸，身心都能得到沉静的栖息。

海勃湾

公元前127年，汉元朔二年，汉武帝击败匈奴，收复河南地，辖境今巴彦淖尔市乌加河南及鄂尔多斯高原，将原有的九原郡改为五原郡，又增设朔方郡，朔方郡下设十个县，在今天的海勃湾地区设沃野县。

沃野县，就是乌海前身的雏形了，后来历经各个朝代的变迁，直到中华人民共和国成立，于1975年，合并乌达、海勃湾、海南，正式建立乌海市。

源于此，海勃湾区也是乌海市的行政单位集中地区。

黄河从乌达和海勃湾中间穿过，在海勃湾，新建了一条滨河大道，路边上有大型的体育场，有专业很强的博物馆，有书画院，有影剧院等。

滨河大道上的建筑不同于其他城市那么拥挤，所以给我很舒展的感觉，通透而轻松，完美地呈现了内蒙古地广人稀的特色。

在滨河大道两旁，很多黄河渔家的饭庄，以经营黄河鲤鱼为主，小院里种植的蔬菜可供客人们自己摘采，很绿色的食物，吸引了很多驻足的客人。

在通向乌达的路上，正在兴建一座拦河坝，把黄河上游拦截成“乌海湖”，已经修建一半了。

乌海的东面，连着鄂尔多斯草原，受气候影响，为干旱草原，这种草原上生长着很硬的植物，非常适合骆驼和山羊吃，因此，鄂尔多斯草原上生长着很多白山羊。而这种山羊身上所产的山羊绒，正是“温暖全世界”的阿尔巴斯山羊绒。

乌海还连着贺兰山山脉的东端，贺兰山，也是生产牦牛的地方。

最使我印象深刻的，便是这里紧邻着据说是成吉思汗坠马的地方。

黑金

乌海

成吉思汗一生中最后一次征战，就是关于攻打西夏之战。

公元1038年至1227年间，在中国的西北部，有一个与宋、辽（金）三足鼎立的少数民族王国——大夏封建王朝，史称“西夏”，都城为兴庆府（今为宁夏银川市），其统治范围大致在今宁夏、甘肃、新疆、青海、内蒙古以及陕西的部分地区，其疆域方圆数千里，东尽黄河，西至玉门，南界萧关（今宁夏同心南），北控大漠，幅员辽阔。

西夏王朝存在了189年，共有十主，即：元昊、谅祚、秉常、乾顺、仁孝、纯、安全、遵顼、德旺和末主，期间经历了重武尚勇、安民求和、崇文虔佛、国道中落、族灭国亡的曲折过程，最终灭亡于成吉思汗之手。

13世纪初，蒙古部乞颜酋长铁木真，也就是后来的成吉思汗，以杰出的军事才能，击败了西起阿尔泰山、东至兴安岭、南起阴山北麓、北至贝加尔湖的漠北草原各游牧部落，于1206年创建了蒙古汗国，结束了漠北数百年的分裂历史。

由于自然条件的限制，蒙古漠北地区无法获得生活所需的农产品及其他更多的物资，为了满足经济上的需要，代表草原游牧贵族利益的成吉思汗，向四邻地区发动了一系列战争。

最初，成吉思汗的主要目标是女真族建立的金国，目的是反抗、摆脱金国的统治。但是，作为战略家的成吉思汗，“深沉有大略”、“未敢轻动”，审时度势，没有首先把矛头指向当时尚能击败南宋的金国，而是选择了在辽、北宋及金、南宋两大势力斗争夹缝中求生存的西夏为突破口。

蒙古族家具博物馆
众文化需求

成吉思汗曾6次攻打西夏，从第一次进攻西夏的1205年算起，到1227年蒙古军第六次出征彻底征服了西夏，前后经历22年，时间延续如此之久，并非蒙古军无力征服西夏，而是在此期间，他征服和统一了境外诸部落，无暇顾及西夏之事，更无全力进攻西夏的可能。

另一方面，西夏始终不甘心臣服于蒙古汗国，每当蒙古军出兵攻打时，在力不能支的情况下，则无奈求和归降，一旦势力有所恢复，形势对自己有利和有机可乘时，就“礼意渐疏，消极纳贡”“阴结外援，蓄异图”。

在23年的战争中，西夏毁约、反叛多次，因而蒙古也用兵多次，由于西夏的伪降，使情况更加复杂化，形成了一打就降、一撤就叛的局面。加之蒙古军远征欧、亚的广大地区，无法尽早地解决西夏问题，这就是成吉思汗征灭西夏的战争为何用时较长的根本原因。

1226年，成吉思汗在乌海附近驻军，打猎时被一匹野马惊着，不慎坠马，摔伤了腿。众臣劝说他班师回去养伤，无奈这时西夏派来使臣讥笑成吉思汗，一怒之下，成吉思汗带着伤发起征战。由于没有得到及时的治疗，1227年，成吉思汗病亡。

我想，如果没有这次的坠马事件，如果成吉思汗回去养伤，那么，结局会不会不一样？回忆会不会不同？

有时候，一个人的消失，孤独了一个世界。

大漠的风凛冽，抚不平英雄的伤痛。这是一个民族的损失，这也是一位伟人的遗憾。

高山上，辽阔一收眼底，却收不回往昔。

黑金乌海

乌海是一个温差很大的地方，中午阳光灼热，晚上却在风中感受到丝丝凉意。中午，烈日当头，烧灼感使人无处躲藏。好友石玉平先生说，这天气，把一颗鸡蛋埋在沙窝子里都能烤熟。仔细想着这情景，我想，一定是不夸张的。光脚穿着凉鞋，脚腕处，竟烤得隐隐的热辣。

黑金乌海

太阳一落山，凉爽的无需打开空调，气温适宜，还会有些凉意。

也许是因为这里的气温变化的原因，乌海收获的水果，都非常香甜。尤其是葡萄，味道特别的好吃，幽香、甘甜。那种味道，只有在乌海才会吃到。

我曾经在别处吃过很多葡萄，试图找回一点关于乌海葡萄的味道，但都失败了。

因为美味的葡萄，所以有了葡萄酒。汉森葡萄酒，就是产于乌海，味道极佳。记得一年冬天，朋友们在一起闲聊，突然其中一个朋友说，我车里有一瓶汉森葡萄酒，还没喝过，不知道味道怎样，你们想尝尝不?

汉森®
HANSEN
FO
MT

源自大沙漠
干红葡萄酒

于是，朋友拿来了酒，冬天室外的温度低，天然冰箱把酒冷却到了最佳温度，我们一口气把一瓶酒全部喝光，意犹未尽啊！真是香浓爽口。

既然提到了酒，我想起了一首诗。

君不见黄河之水天上来，奔流到海不复回。
君不见高堂明镜悲白发，朝如青丝暮成雪。
人生得意须尽欢，莫使金樽空对月。
天生我材必有用，千金散尽还复来。
烹羊宰牛且为乐，会须一饮三百杯。
岑夫子、丹丘生：将进酒，杯莫停。
与君歌一曲，请君为我倾耳听。
钟鼓馔玉不足贵，但愿长醉不复醒。
古来圣贤皆寂寞，惟有饮者留其名。
陈王昔时宴平乐，斗酒十千恣欢谑。
主人何为言少钱，径须沽取对君酌。
五花马，千金裘，呼儿将出换美酒，
与尔同销万古愁。

这一首荡气回肠的《将进酒》，描写了黄河的壮观，更呼应了这里人们的性情。虽然，已不是把酒论英雄的时代，这里却依然传承着酒的文化。情绪中或悲、或喜，人们总是端起酒杯，用美酒融化。

酒，滋养着文豪，也滋养着这里生息的人们。

乌海大面积种植葡萄，源于一位名为杨利生的老书记。最初，他在庭院里种植葡萄，发现很美味，于是在众多的庭院里人们开始种植，慢慢地，从庭院葡萄发展成大面积的种植。得天独厚的资源，铸就了一个辉煌的产业——汉森葡萄酒厂。

黑金乌海

汉森葡萄酒厂坐落在乌海的正北方，位于飞机场附近，一座类似小庄园的建筑，四周均是葡萄园，四通八达的公路将其环绕。

黑金乌海

建筑物的内部，更是极具欧洲风格，典雅、大方，凸显一种高贵的品质，让身处其中的我很惬意，扑面而来的，不是酒，而是一种浓郁的文化气息。

红酒是葡萄酒的通称，并不一定特指红葡萄酒。

圣经中，诺亚醉酒的故事是这样的：

诺亚是亚当与夏娃的子孙，十分虔诚地信奉上帝。当上帝发现世上出现了邪恶和贪婪后，决定在地球上发一场大洪水，来清除所有罪恶的生灵。诺亚遵循主的旨意，挑选地球上所有的植物、动物各一对，带着自己的三个儿子，登上了自制的木船，即著名的诺亚方舟。

经过150天，方舟被搁在了阿拉拉特山上。此后，诺亚开始耕作土地，并种下了第一株葡萄植株，后来又着手酿酒。

一天，他一人在帐篷里独自开怀豪饮，烂醉如泥。他的儿子可汗发现诺亚赤身裸体的醉倒在地上后，叫来了西姆和迦费特，然后两人拿着长袍，倒退着进帐篷给父亲盖上。

诺亚酒醒后，就诅咒可汗，要神让可汗的儿子做迦费特家族的奴隶。虽然圣经上并没有提到诺亚是否有带葡萄酒上船，但从他一下船就先栽培葡萄以便酿造葡萄酒看来，似乎可以推断他心目中除了感谢上帝以外第一件重要的事就是种葡萄酿酒。

红酒有气质的文化是与其厚重的历史不可分割的，结合红酒文化和底蕴深厚的欧洲文化方能了解红酒的高贵。

也许是因为此，酒厂的老板独具匠心，打造一个欧洲文化式的庄园，感受其中的高贵品质吧。

酒窖在地下，排放整齐的木桶，悄悄地弥漫着一种芬芳的气息，很容易让人的心进入佳境，更为直接地步入酒文化的氛围之中。

闪亮的玻璃杯，盛着剔透的红色液体。我总是自己觉得，喝红酒，就会红了灵魂，红了心情，红了一个世界。而做为一个中国人的我，无比宠爱着这个吉祥的颜色，坚定不移。

缓缓入口的红酒，缓缓沁透我的身体。

很享受这份典雅给予我的感觉。

挥毫泼墨，书写着内心的情怀，诠释一方热土间豪放的胸襟。乌海，正在走向一条打造书法之城的路上。笔端之下，可描绘山河，也可描绘江山美人。但是，乌海人，笔端下，描绘的是气节。

中國書法城·乌
全民書法大賽

一幅幅苍劲的字迹，如同一个个鲜活的心灵，寄以美好，寄以希望。使浏览者不得不深受感染，用积极的憧憬面对未来。让我们拥有足够强大的力量，去直面人生。

墨浓，浓似乌黑闪亮的煤。

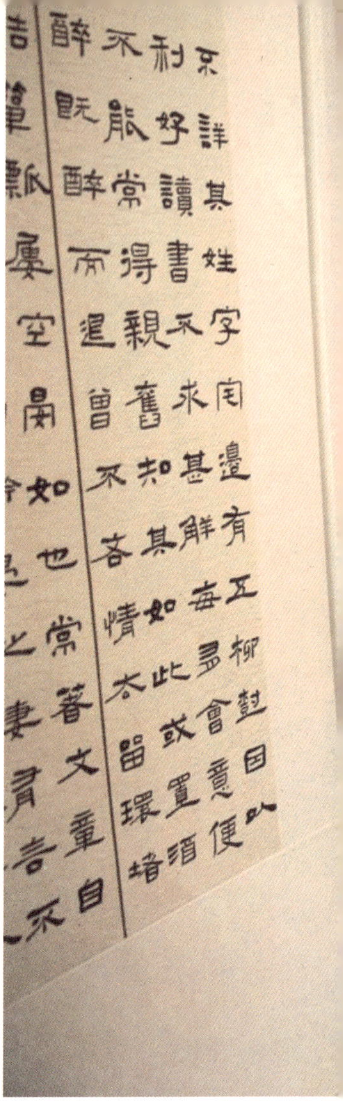

黑金乌海

窗外面，绿树成荫，偶尔的鸟鸣平添了一抹静幽。旅途中，是需要这份停顿与安逸的。这份宁静，充盈了我更为饱满的情怀，去审视所在——乌海。

杨培荣，这是一位见证乌海的老人。

从开始成立乌海市，直到今天，这位老人一直生活在这里。可以说，杨培荣是和乌海一起成长起来的，如今城市正兴旺发达，而这位值得我敬重的人，却已两鬓斑白了。

禁烟火

在内蒙古，不只是一片大草原。在内蒙古，还有一片大漠。在这一片大漠之中，这里有乌海。

金沙湾

以往所描写的大漠，总是飞沙漫天，荒寂苍凉。而我眼前的这座城市，却是柳枝横斜，小城中，整齐的建筑，洁净的街道，一切都那么精致。

那街两边的树绿，柔美了多少大漠情思。绿色，温婉了苍凉，让生机扎根在这一片大漠之中。

乌海，应该说是一个融合了多元文化的结晶。这里居住的蒙古族人，只是总人口的一小部分。地域的特点，也使得它的文化交融了很多民族文化之后，形成了乌海独特的文化。

传承着、发展着，乌海人在这片热土上，用自己的深情，续写着历史的篇章。

烏海

黑金乌海

乌海科学技术館

海南，原名拉僧庙，后因位于乌海南部而更名。

拉僧庙，位于海南区拉僧庙镇的图海山上，从山南远处观看，整个山形恰似一尊睡美人，拉僧庙正位于美人怀中。这曾经是一座香火很旺的寺庙，庙里的喇嘛哥哥，倘若知道自己就打坐在美人怀中，又怎能静心诵经撞钟呢？

据说，这座美人山，是鄂托克草原一位美丽姑娘的化身。成吉思汗在攻打西夏时，曾在这里练兵、储备粮草，军队里有一位了不起的英雄，英雄爱上了鄂托克草原上的一位姑娘，并私订终身。大军西渡黄河，攻打西夏，英雄随军远征。姑娘对英雄的感情很深，日思夜想，常在黄河岸边远眺，却不见情郎归影。后来，听说英雄战死沙场，姑娘泪如泉涌，痴情不改，依旧日夜站在河岸守望，天长日久，便化成一方石山，山下汩汩喷涌的泉水，便是姑娘思念的泪水。

不曾想，英雄并没有死，当他荣归故里时，四处寻找心爱的姑娘，发现她化成了一方石山时，便看破红尘，削发为僧，在这座山上修建了庙宇，打坐在自己心爱的姑娘怀中，静心诵经撞钟。那悠悠的钟声，是他无尽的思念。

那悠悠的钟声，也是他们之间的窃窃私语吧？

这个美丽的故事，竟然敲疼了我的心，一声声的钟声，让思念如此寂寞。

圖海山旅遊區

拉僧庙，这座汉藏结合式的建筑风格寺庙，全称叫满巴拉僧庙。满巴拉僧庙，系藏语，意为“医方明经院”，是一个专门研究医学宗教的场所。

清朝时期，特别是康熙、乾隆年间，藏传佛教在内蒙古地区发展到了鼎盛时期，各地寺庙林立。拉僧庙始建于清代康熙二十一年（1682年），由鄂尔多斯右翼中旗六袭札萨克栋罗布色楞兴建，以办“曼巴拉仑”（培养蒙医场所）为主，建筑模式仿造西藏的一些寺庙。当时，庙里的喇嘛要诵的经分为4个部分：沙德尔经（病理学）、码德珠玛经（药理学）、西码珠德经（诊断医疗方法）和医点要领（基础理论），合称为《四部集》。

据史料记载，每逢庙会，300名喇嘛聚在一起诵经学医，当时求医看病、参拜佛祖者络绎不绝。据说，每逢庙会时还有五台山、拉萨、塔尔寺、拉卜楞寺等佛教圣院的知名僧人前来参加助兴，盛时，庙中住有僧人、喇嘛达600多人。因此，拉僧庙可谓内蒙古西部最早的宗教医学圣地。

“文革”初期，拉僧庙被毁。后来修葺重建的寺庙，依然光芒四射，在山中散放着独自的芳香。

后殿

卡布其
岩画
桌子山岩画
ZHUOZISHANYANHUA
3 km

海南区的东北部，是绵延近百里的桌子山，召烧沟就在这座山脚下。就在这里，人们先后发现了多处岩画，从岩画的内容看，多为人面像、动物、狩猎类图形等，应该是北方游牧民族的遗迹。

召燒溝岩畫

从这些珍贵的岩画，可以走进海南的历史。

这些精美的、刻在岩石上的画，又让人思绪万千，先人们刻写了这些图形，究竟要表达什么？将要告诉后人什么？千万双注视的眼睛，千万种设想，又会是哪一种更贴近先人的意境呢？

夜晚的梦里，那些凝固的画面舞动起来了，组成一个个场景，填充了色彩，在我眼前，仿佛进入一个童话王国。而我，仍然看不懂童话世界里的故事，只能穿梭其中，浏览美丽，梦里的我，也似乎难以融入。我把类似的这种梦，自己起名叫玻璃梦。

銅其古的歷
是品風牧意
代材這視及

内蒙古自治区重点文物保护单位
召烧沟岩画
内蒙古自治区人民政府一九八六年五月十日公布
乌海市人民政府立

桌子山岩画之所以为珍宝，不仅在于岩画本身，而是因为这些岩画具有与其他地区岩画所不同的艺术个性。大量的人面形和类人面形图像，其中最珍贵的、最灿烂的便是太阳神图像。

在岩画中，反映人类对太阳神崇拜的太阳神图像并非桌子山一处，唯独桌子山岩画中的太阳神最生动、最准确、也最形象的表现了太阳神的特征。

桌子山岩画，属于阴山岩画。阴山山脉横跨东西340公里的山地和草原石壁上，镌凿着数以万计的古代岩画，以其形象的艺术形式记录着人类历史。北魏郦道元是世界上最早记录岩画于史籍的第一人。在他记述中所描述的“鹿马之迹”正是阴山岩画。阴山岩画以其数量多、分布广、内容丰富，堪称中华民族古代艺术的瑰宝。

太阳神岩画边，有一棵谁也叫不上名字的树，于是，便有了一个美丽的传说。

很久很久以前，东方天帝——帝俊，娶了羲和国的美女——羲和做妻子，生了十个太阳，在十个孩子中，羲和最疼爱第十个儿子，因为他最勇敢、最善良、最英俊，也最聪明，所以大家都叫他为太阳神。

羲和常把十个孩子放在东海里洗澡，洗完澡，他们便栖息在一棵大树上，每天轮流穿越天空，给大地万物带去光明与热量。可是有一天，鲁莽的老大突发奇想，要兄弟十个一起去天空遨游，太阳神说服不了哥哥们，于是十个太阳一起出现在天空上。大地上的人和万物就遭了殃，十个火团放出的热量烤焦了大地。后来一位叫后羿的英雄，射掉了太阳神的九个哥哥，太阳神纵身跃入大海才躲过一劫。

那时，桌子山以北还是一片汪洋大海，太阳神当时正好落在了桌子山半山腰的海边，因为匆忙地跃入，太阳神撞到了岩石上，昏迷过去，岩石上留下了他的身形。

桌子山放牧姑娘惜月，回家路上发现了昏迷的太阳神，并把他救醒了。太阳神睁开眼睛，看见眼前这位美若天仙的姑娘，深深地爱上了惜月。惜月也被太阳神的俊美倾倒，两个人一见钟情，相爱了。

惜月离不开草原，太阳神动心和惜月一起在草原上生活。这时，天空惊现一道闪电，太阳神知道这是来自天庭的召唤，紧跟着电闪雷鸣，瓢泼大雨倾泻而下，太阳神知道父亲在斥责他，他更懂得自己的使命，在黎明时分，他要把光明带给大地，带给万物生灵。

犹豫间，一道炸雷击落，惜月一只眼睛失明了，又一个炸雷，惜月的一个耳朵失聪了，太阳神明白，如果自己不回去，惜月会没命了。太阳神为了责任，为了心爱的姑娘，忍痛向东海方向游去，在黎明时分，跃出东海。

惜月追到岸边，无法挽留太阳神的脚步，用手拼命地抓着太阳神留在岩石上的身形，岩石上的印迹越来越清晰了，可惜月的双手已经血肉模糊，海水也被惜月的血染红了，血向着太阳神跃出的方向流去，终于，惜月因失血过多，死在了岩石上，她的双手还紧紧地扣着太阳神的印迹，仿佛抚摸着心爱人的脸庞。

太阳神的岩画，就是惜月抚摸着的太阳神身形印迹，而那棵树，就是惜月死后变成的，永远守候在爱人身边。

有了这样的底蕴，便有了太阳神酒店。

太阳神酒店，除了名字有博大的内涵，酒店的点睛之处便是置于其中的奇石博物馆了。馆中的奇石主要以阿拉善的玛瑙石与风凌石为主，每件物品都很精美、巧夺天工。灯光下，熠熠生辉，讲述着一个又一个古老的故事。

最为感叹的，就是镇馆之石。是一块叫“金袋”的石头，咖啡色的底色，上面布满了金色的铜钱，藏家有意在袋口处系了红绳，使得石头越发逼真。

这块镇馆之石只有五六公分见方那么大。

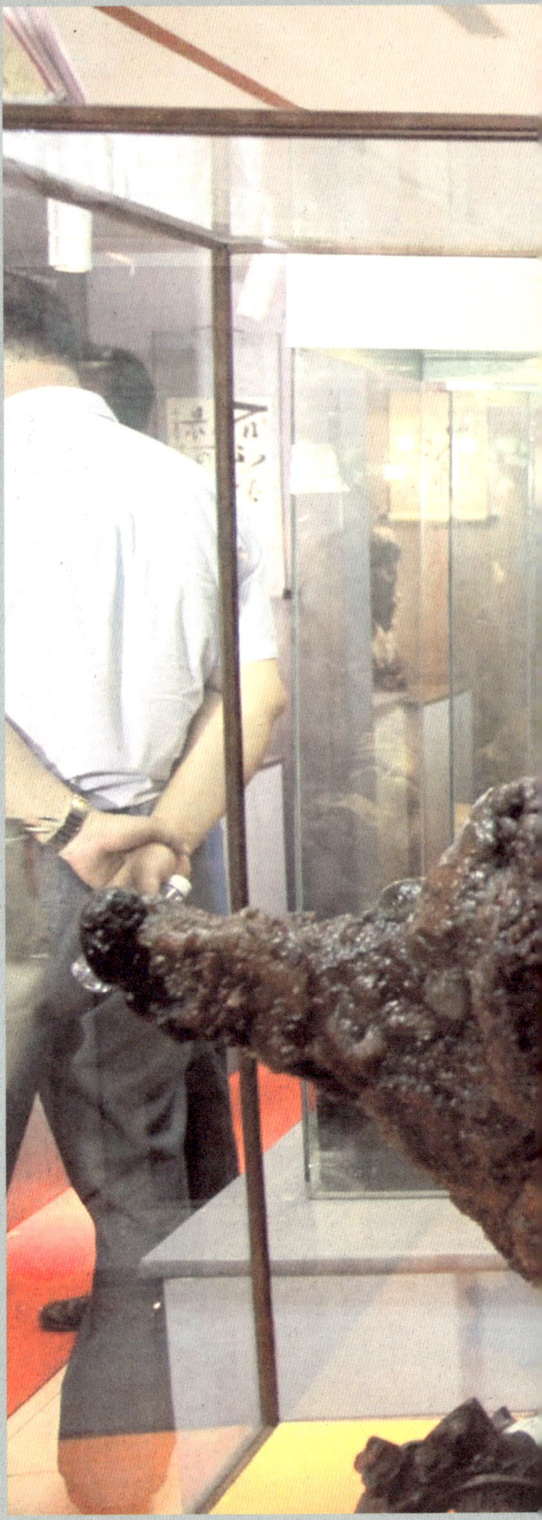

这些美丽的故事，以及美丽的景色，都离不开的，就是桌子山。桌子山，堪称海南之魂，文人墨客，多少人的礼赞赋予过这座高高的山，多少人仰视的目光凝视过它的巍峨。

而在蒙古族人心中，桌子山，却有着自己的故事。

当年成吉思汗的铁蹄踏遍了北方疆土，金国、辽国、西夏国等纷纷扑倒在他的脚下，成吉思汗将马鞭指向了腐败的南宋。

出征前，成吉思汗请来巫师，替自己祷告长生天，保佑蒙古大军顺利荡平南方。按照巫师的要求，一百张大桌摆放在草原上，供桌上摆满了肥美的牛羊和香醇的美酒，酥油灯的光辉映照得如同白昼，巫师在其间舞之蹈之，口中念念有词。

经过这一番，巫师告诉成吉思汗，可以出征了。但是，在最初的几次征战中，成吉思汗并不顺利，几次进攻都得到了大宋军民的拼死反抗，伤亡惨重。成吉思汗一怒之下，杀了巫师，又请来一位年轻的巫师。

成吉思汗希望以更大的虔诚，求助于长生天。年轻的巫师说，长生天是高不可及的神，即便将你帐中所有的供桌堆叠在一起，供桌上酒肉的香味也飘不进天庭，酥油灯的光也照不到长生天的脸庞。但是，长生天早已经在您的领土上安排了一张供桌，只有找到它，用它摆放祭品，才

能感动长生天。

成吉思汗立即派出使者寻找。两个月后，使者回来了，禀告成吉思汗，在西部，黄河弯曲的地方，群峰叠翠，在群峰之间，摆放着一张高过所有山峰的供桌。

成吉思汗大喜，命年轻的巫师带领一支军队和足够的祭品，向西进发了。当年轻的巫师远远看见一座酷似供桌的山峰时，立刻下马跪拜，说，这就是我梦中见过的圣山。

这就是今天海南境内的最高峰，酷似一张供桌的桌子山。

桌子山上的确有一个很大的敖包，关于这个敖包是什么时候堆建的，我也不清楚，我就把它想象成那个年轻的巫师是最

开始堆建的吧。

积淀厚重，如今的海南就是在这深厚的底蕴中绽放，整洁的城市，焕发生机，精致的建筑组合成一幅幅美妙的图画。就是在这如画的景色中，人们安逸祥和，紧张之处不乏一丝悠闲。我看着街道上来往的人们，竟有一种幸福感溢满心怀。

精美，必然带来精美的生活品质。

乌海市矿产资源丰富，矿种较多，多数质量较好，分布集中，配套性较好。域内拥有煤、铁、铅、锌、铜、镍、金、银、锗、镉、电石灰岩、水泥灰岩、制碱灰岩、熔剂灰岩、耐火粘土、高领土、水泥配料粘土、膨润土、白云岩、辉绿岩、紫砂粘土、砖瓦粘土、矿泉水等37种，矿产地82处，有探明储量的矿产25种。

矿产规模达到大型的矿床有8处，中型21处，小型25处。域内迄今已探明的主要矿种的保有储量为：煤炭27亿吨、铁矿757万吨，制镁白云岩514万吨，耐火粘土36940万吨软质耐火粘土81万吨，高岭土213万吨，溶剂灰岩35642万吨，制碱灰岩14340万吨，电石灰岩2554万吨，水泥灰岩18333万吨，含钾而岩2367万吨，水泥配料及砖瓦粘土7436万吨，硅质原料矿产1113万吨，紫砂粘土358万吨，石膏1304万吨。

潜在的经济价值为4278亿元。得天独厚的矿产资源优势，为乌海市矿业产业的发展提供了资源保证和工业“食粮”。

大规模的基地，几乎遍布了海南的每一个角落，威武的机器高傲地在蓝天下挥动，霸气、张扬。这是一种富足的骄傲！

市民服务中心

黑猫
乌海黑猫

这些舞动的机器，携带着希望，阳刚气十足地唤醒了沉睡的生命，粗旷中陶冶出晶莹黑亮的矿石，竟是收获着那样的精致。

黑金乌海

面对着如山般的矿石，我的心中竟有难言的滋味，翻天覆地，这个词用在此处正是最为准确的了。我更不知道该以怎样的心情去面对这种壮观。

山脚下的小花，无语地摇动着，仿佛那排山倒海的挖掘，早已淡定了它的心境，悄然开放，在一片灰蒙蒙中，更加娇艳。

高品质的生活，势必要付出代价。在享受着越来越美好的生活的同时，我们可否有资格呼唤，还我一个鸟语花香的世界？

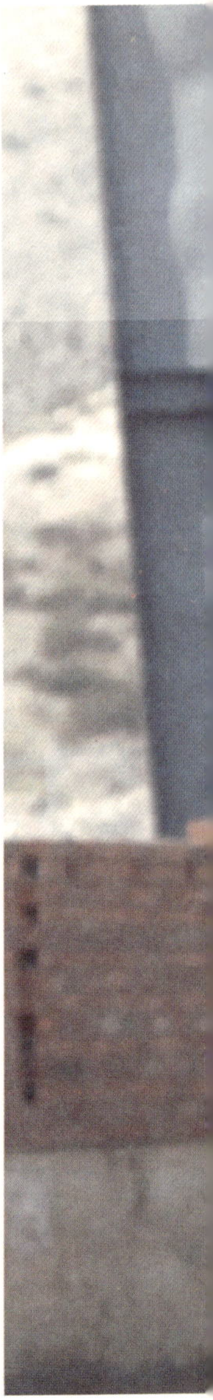

能量，是交换的。矿山巍峨，沧桑悲壮。

后序

我的脑海里，乌海，是火热的。我想，这个印象的第一个由来，就是因为这里的煤吧。走过乌海，我想，热土，所含意义已非那么单纯了。

热土上，养育着的儿女们，也一样有着火热的性格，人们豪迈，人们热情，张扬的显现着的性格，热得灼人。

每个民族的人们，各有各的气派，各有各的格调，各有各的形象，各有各的旨趣，各有各的感情燃烧方式。但是，他们都热爱生活，清丽蕴藉，潇洒而热烈。他们所赋予生活的美感，是永不衰竭的。

终于，要离开乌海了。

挥别，只是手臂，更近的是心灵。

如果可以，你在闲暇之余，愿意追寻我的身影，我便愿意把这一段文字，化蛹为蝶，在阳光下、在碧草间、在大漠中，为你翩翩起舞，引领你的探寻之路。

过去的一些人、一些事，明明灭灭，就这样刻写在这一路的风景中。那一场错抚的清风，吹落了最美丽的瞬间。

我只能是穿过浮云的一滴水，飘落于风中，与你倾心相遇。无法找回的往事，游荡在我一片遐想中。当你真正爱一样东西的时候，你会发现语言是多么的脆弱和无力。

如果往昔都变得陌生了，那就让我重新认识你吧。

风雨一生兼程，灵魂轻盈随行。

别了乌海，愿这长长短短的句子，一点点将时光拖住，眷写在远去的日子里。

图书在版编目（CIP）数据

黑金乌海 / 姜苇著；尚永强摄. —呼和浩特：内蒙古人民出版社，2013.6

（让世界近看内蒙古 / 石玉平主编）

ISBN 978-7-204-12268-4

Ⅰ.①黑… Ⅱ. ①姜…②尚… Ⅲ. ①游记—作品集—中国—当代 Ⅳ. ①I267.4

中国版本图书馆CIP 数据核字（2013）第134386号

让世界近看内蒙古——黑金乌海

主　　编　石玉平
摄　　影　尚永强　康小林　邱克远　石历增　祝婕　郝银泉
著　　　　姜苇
责任编辑　侯海燕　尚永强
装帧设计　徐爱东
出版发行　内蒙古出版集团　内蒙古人民出版社
地　　址　呼和浩特市新城区新华大街祥泰大厦
印　　刷　内蒙古爱信达教育印务有限责任公司
开　　本　787×1092　1/16
印　　张　17
字　　数　100千
版　　次　2014年2月第1版
印　　次　2014年2月第1次印刷
印　　数　1—3000册
标准书号　ISBN 978-7-204-12268-4/I·2443
定　　价　58.00元

如出现印装质量问题，请与我社联系。
联系电话：（0471）4971562　4971659
网址：http://www.nmgrmcbs.com

烏海